Feliz Halloween

Liesbet Slegers

Traducido por
Diego de los Santos

EDELVIVES

EL ÚLTIMO DÍA DE OCTUBRE CELEBRAMOS HALLOWEEN.

¿HABRÁ FANTASMAS DE VERDAD?

NO, PORQUE NO EXISTEN, PERO ES MUY DIVERTIDO

DISFRAZARSE DE FANTASMA. ¡UUUUUH!

EN HALLOWEEN PAPÁ VACÍA UNA CALABAZA.

LUEGO, CON UN CUCHILLO, TALLA UNA CARITA.

¡CON LA LUZ DE UNA VELA DENTRO

ES DE LO MÁS HORRIPILANTE!

CON LA PULPA DE LA CALABAZA,
MAMÁ HACE UN RICO PURÉ Y DESPUÉS
COMEMOS PASTELES DE CALABAZA.
A TODOS NOS ENCANTA. ¡HASTA A NUESTRO GATO!

EN EL BUZÓN HAY UNA NOTA DE MI AMIGO JAIME.

HA DIBUJADO UNA ARAÑA, UNA LUNA Y UN FANTASMA.

ME INVITA ESTA NOCHE A SU FIESTA DE HALLOWEEN.

¡QUÉ BIEN! ¡ESTOY DESEANDO IR

Y PASARLO DE MIEDO CON MIS AMIGOS!

HE PENSADO QUE VOY A HACERLE UN REGALO A JAIME.
EN UN GLOBO DIBUJO UNA CARITA. LUEGO USO
UNAS PAJITAS DEL ARMARIO PARA LAS PATAS.
LAS PEGO AL GLOBO Y... ¡YA LO TENGO! ES UNA ARAÑA.

DESPUÉS DE COMER, ME TOCA ELEGIR EL DISFRAZ

PARA LA FIESTA. TIENE QUE DAR MUCHO MIEDO.

¿ME VISTO DE MURCIÉLAGO? ¿DE MONSTRUO?

NO, YA SÉ, ¡SERÉ UNA BRUJA BIEN FEA!

PAPÁ ME HACE UNA ESCOBA Y MAMÁ ME PINTA LA CARA.

—HOLA, JAIME. TE HE TRAÍDO UN REGALITO.

—¡AY, QUÉ SUSTO, UNA ARAÑA!

¡GRACIAS! —CONTESTA JAIME—.

LUEGO LA LLEVO A MI HABITACIÓN.

VAMOS, LOS OTROS NIÑOS YA HAN LLEGADO.

A LA MAMÁ DE JAIME SE LE OCURRE UN JUEGO:

¿QUIÉN SERÁ EL PRIMERO EN MORDER

UNA MANZANA QUE CUELGA DE UN HILO?

¡SIN USAR LOS BRAZOS ES MUY DIFÍCIL! AL FINAL GANA JAIME.

CLARO, CON SUS COLMILLOS DE DRÁCULA...

LUEGO BUSCAMOS UNOS MUÑECOS DE FANTASMAS
QUE HA HECHO JAIME. CADA UNO DE NOSOTROS
LLEVA UNA LINTERNA Y SE APAGAN LAS LUCES.
¡BUUUU!, GRITA ALGUIEN DE REPENTE. BRRR, QUÉ MIEDO...
AQUÍ HAY UN FANTASMA. ¡LO ENCONTRÉ!

LLEGA EL MOMENTO DE SALIR A LA CALLE.

VAMOS DE CASA EN CASA Y CANTAMOS UNA CANCIÓN

CON NUESTRAS VOCES FANTASMAGÓRICAS.

A LA GENTE LE GUSTA Y NOS DAN CHUCHERÍAS.

MAMÁ VIENE A RECOGERME. ¿YA ES HORA DE VOLVER A CASA?

—MUCHAS GRACIAS, JAIME. QUÉ FIESTA TAN DIVERTIDA.

QUIZÁ EL AÑO QUE VIENE CELEBRE YO UNA. ¿VENDRÁS?

¡VOLVEREMOS A CANTAR PARA QUE NOS DEN CHUCHERÍAS!

¡QUÉ RÁPIDO SE HA PASADO HALLOWEEN!
YA ES HORA DE DORMIR. ME QUITO EL DISFRAZ DE BRUJA
Y ME OLVIDO DE FANTASMAS, ESPÍRITUS Y OGROS.
CALENTITA EN MI CAMA SOÑARÉ COSAS BONITAS.

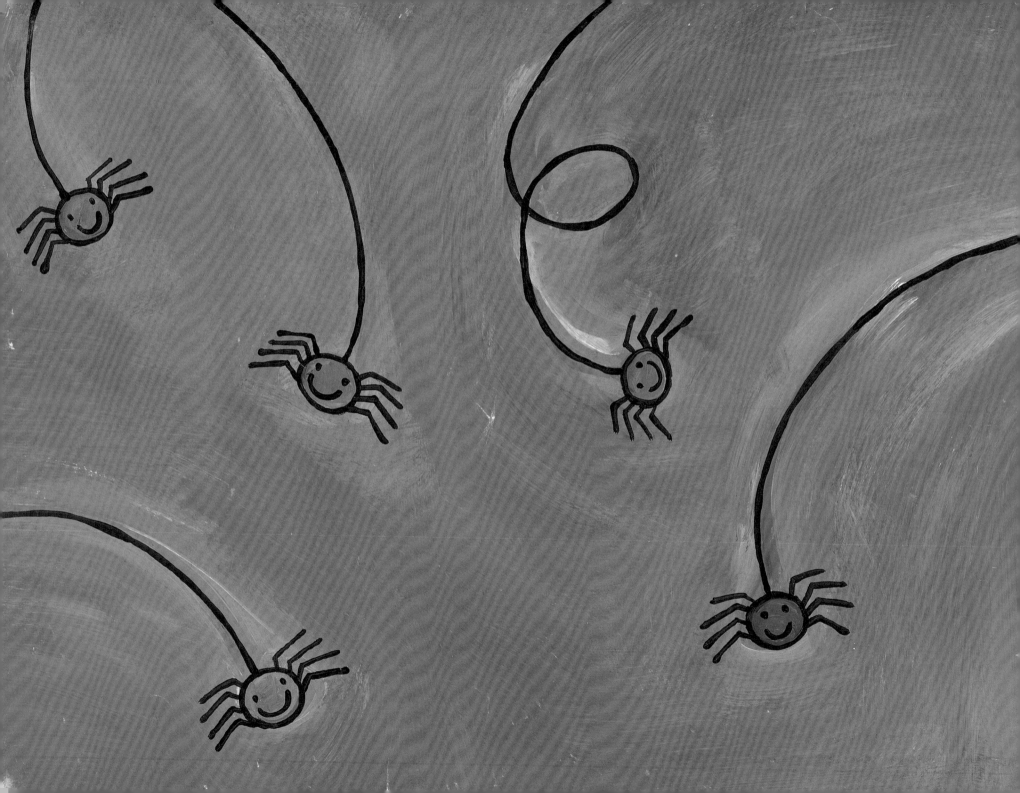